Colección
Revolucionarias

Teresita
La maestra del piano

Por
Adriana Ramírez

Ilustrado por
Santiago Aguirre

Español 4

IG: @veganadri
YouTube Channel:
"Teaching Spanish with Comprehensible Input"
Website: adrianaramirez.ca

REVOLUCIONARIAS

ISBN: 978-1-7387806-4-8

Teresita La maestra del piano

Esta es una historia de ficción inspirada en hechos reales.

This is a fictional story inspired by real events.

Agradecimientos

Aunque el proceso de escritura es personal e individual, el proceso de publicación requiere del apoyo de muchas personas. Finalmente, traer un libro a la luz es un trabajo en equipo. Por esta razón, quiero darle las gracias a todas las personas que me acompañan en este proceso.

Como siempre, quiero dar gracias a mi esposo que me escucha, me da ideas, me apoya y me anima. Quiero darle las gracias a mi amiga Margarita que siempre me da una retroalimentación honesta y valiosa que hace que la historia sea mejor. Quiero agradecer a mi amiga KLT que lee mis manuscritos con los ojos del alma y ve cosas que solo ella ve. Quiero agradecer a Patricia González, mi editora, que le da la última mirada, la última aprobación y la bendición antes de que salga a la luz.

Gracias por siempre apoyar mis procesos creativos. Sin ustedes no lo podría hacer.

Introducción

Durante mi niñez y adolescencia iba mucho al Teatro de la Universidad de Medellín y al Teatro Metropolitano a ver conciertos de música clásica. Por el lado de mi mamá, vengo de una familia muy musical. Siempre escuchábamos música de todo tipo: tradicional, tambores, marimbas, guitarras y música clásica. La música hacía parte de las reuniones familiares y las conversaciones entre mis tíos y mi abuelo

Vi a Teresita Gómez tocar varias veces. La primera vez que la vi yo tenía 12 años. Sabíamos que verla tocar era un honor y algo muy especial. Lo que me llamaba la atención de sus recitales de piano, no era solo la maestría con la que tocaba, sino su sencillez.

Cuando entraba en el escenario y caminaba hacia el piano, cuando saludaba a la audiencia y cuando agradecía nuestros aplausos al final del concierto, siempre tenía un halo de sencillez que me hacía sentir muy cercana a ella.

Con esa sencillez lograba acercarnos a la música clásica, haciéndola más accesible para todos.

Teresita es una mujer revolucionaria que luchó sola, con su piano y su música, contra una sociedad racista y clasista que no concebía que una persona como ella tuviera acceso a la música clásica.

Teresita es una mujer revolucionaria que luchó sola, con su piano y su música, por acercar a toda las clases sociales a la música clásica, una música que tradicionalmente estaba reservada para las élites de la ciudad.

Teresita rompió estereotipos, desafió las normas y retó al sistema. Con su música abrió puertas para que muchos otros pudieran entrar después de ella. El mundo de la música clásica en Medellín y en Colombia tiene un antes y un después de Teresita Gómez. Ella nos enseñó que "la música es más fuerte que el racismo".

Índice

Prólogo

La colección REVOLUCIONARIAS quiere mostrar el trabajo tan importante que muchas mujeres latinoamericanas **han hecho** a través de la historia.

Los que narran la historia deciden qué es importante. Los que narran la historia también deciden sobre quién hablar. La historia **ha sido** principalmente narrada por hombres. Por esta razón conocemos las historias de muchos hombres importantes, pero no las de muchas mujeres importantes.

Ha habido muchas mujeres importantes que han hecho historia. Para las mujeres, las cosas no han sido fáciles. Las mujeres han tenido que luchar en contra de una sociedad **machista** que privilegia a los hombres.

Como sociedad hemos evolucionado. **Sin embargo**, todavía hay mucho trabajo por hacer para alcanzar la igualdad de género.

Adriana Ramírez

Cada libro de esta colección quiere **resaltar** el trabajo de una mujer que luchó por sus ideales, en un momento histórico específico. Gracias a ellas somos mejores. Gracias a ellas vivimos en un mundo mejor. Gracias a ellas vivimos en un mundo donde hay más igualdad. Gracias a ellas las mujeres de hoy podemos vivir con mayor **libertad**.

Espero que esta historia te inspire para **seguir luchando** por la **igualdad** de todos.

han hecho: *have made*
ha sido: *has been*
ha habido: *there has been*
machista: *sexist*
sin embargo: *however*
resaltar: *highlight*
libertad: *freedom*
seguir: *keep*
luchando: *fighting*
igualdad: *equality*

Nombre: María Teresa Gómez Arteaga.

Nombre artístico: Teresita Gómez.

Lugar de nacimiento: Medellín, Colombia.

Fecha de nacimiento: mayo 9 de 1943.

¿Qué estaba pasando en el mundo occidental en esa época?

Período de la Segunda Guerra Mundial: 1939-1945

Comienzo de la Guerra Fría: 1947-1991

Firma del tratado de la OTAN (La Organización del Tratado del Atlántico Norte): 1949

Comienza la dictadura comunista en Cuba: 1953-1959

Período de la Guerra de Vietnam: 1954-1975

Descolonización territorial de países en África, Asia y Oceanía: 1950-1975

Comienzo de la ideología consumista impulsada por Estados Unidos: 1950 -

1

Interseccionalidad

Desde niña aprendí que no es lo mismo ser mujer que hombre.

Desde niña aprendí que no es lo mismo ser mujer negra que mujer blanca.

Desde niña aprendí que no es lo mismo ser una mujer negra y pobre, que una mujer blanca y pobre.

Desde niña todos, conscientemente o no, me han recordado que no es lo mismo.

Desde niña supe que mi lugar en la sociedad estaba determinado por el color de mi piel.

Desde niña también supe que la clase social y el dinero importan, y que, para muchos, sin dinero no eres nadie.

Pero también supe desde niña que la música era lo más importante en mi vida.

Siempre supe que la música iba más allá del género.

Siempre supe que la música iba más allá del color de piel.

Siempre supe que la música iba más allá de la clase social.

Siempre supe que la música es para todos, no importa quién seas.

Yo nací pobre y negra, en una sociedad mestiza que se creía blanca, y que le daba mucha importancia a las clases sociales y al color de la piel. Desde que nací estuve en desventaja. Desde que nací, me pusieron detrás de las otras niñas.

Desde pequeña supe que tenía que ser el doble de buena para ser reconocida.

Desde pequeña supe que no podía equivocarme. Desde pequeña supe que tenía que ser la mejor.

Teresita La maestra del piano

2

Mi llegada al Palacio de Bellas Artes

Medellín, 13 de mayo de 1943.

Era un día de semana por la noche. Mi papá, Valerio, estaba terminando de hacer la ronda por los salones del Palacio de Bellas Artes, y mi mamá, María Teresa, estaba organizando la cocina. A esa hora ya no había estudiantes, ya no había maestros, ya no había nadie en el palacio, solo mi papá y mi mamá.

Después de cenar, mientras mi mamá organizaba la cocina, mi papá revisaba todos los salones del palacio. Él revisaba que los pianos estuvieran cerrados y las luces apagadas. Él revisaba que no hubiera nadie. Él era el cuidador del Palacio de Bellas Artes de Medellín.

Ya habían cenado y era tarde, casi la hora de dormirse. Alguien tocó la puerta. Era raro pues no estaban esperando a nadie. Nadie iba a visitarlos y menos por la noche, así que, mi mamá llamó a mi papá.

Ella no quería abrir la puerta sola. No sabía quién era y le daba miedo. Mientras mi papá llegaba, mi mamá dijo,

—¿Quién es? —pero nadie respondió. Tocaron la puerta otra vez y mi mamá escuchó unos pasos que se alejaban corriendo.

Después de unos minutos, mi papá llegó y le preguntó a mi mamá,

—¿Quién era?

—No sé… —dijo ella—. No hablaron. Nadie habló.

Mi papá abrió la puerta despacio y miró. No había nadie. Él miró hacia la calle. No había nadie. Dio un paso para salir y poder ver mejor, cuando de repente sintió algo. Miró hacia abajo y se quedó paralizado. Él entró y cerró la puerta rápido.

—¿¡Qué pasó!? ¿¡Quién era!? —dijo mi mamá.

Mi papá la miró con ojos de pánico. No podía hablar.

—¡Valerio!, ¿qué pasó? —le dijo mi mamá preocupada.

Él la miró a los ojos y le dijo,

—Hay un bebé dentro de una canasta en la puerta. ¡Dejaron a un bebé en nuestra puerta!

Mi mamá no podía creer lo que mi papá le estaba diciendo, y mucho menos su actitud. Había un bebé afuera, en una canasta, y lo que él hacía era ¡cerrar la puerta! Ella lo empujó hacia un lado, abrió la puerta y miró hacia abajo. ¡Había una canasta con un bebé!

El bebé estaba dormido. Mi mamá cogió la canasta, y cerró la puerta. Ella puso la canasta sobre la mesa, miró a mi papá y miró bien al bebé. Era una niña.

—¡Es una niña! —dijo ella.

—¿Qué vamos a hacer? —le dijo mi papá preocupado.

—¿Que qué vamos a hacer? Pues quedarnos con la bebé —le dijo ella.

—¿Quedarnos con la bebé? Estás loca mujer —le dijo él—. No es nuestra bebé, no sabemos de quién es.

—¡A ver!, Valerio, si alguien dejó a esta bebé aquí, en una canasta, a estas horas de la noche, es porque no puede tenerla y quiere que nosotros la tengamos. Esta bebé es un regalo de Dios. Nosotros no podemos tener hijos. Esta es nuestra hija. Punto —le contestó mi mamá.

Mi mamá y mi papá llevaban varios años juntos. Siempre quisieron tener hijos, pero nunca pudieron. Mi mamá había perdido las esperanzas de ser mamá. Esta bebé, yo, era un regalo de la vida. Yo era su hija, ella era mi mamá y Valerio mi papá.

—María, no tan rápido. Tenemos que ir al hospital. Tenemos que ir a la policía. Tenemos que preguntar un poco más.

—Bueno, vamos mañana y si no encontramos nada, pues es nuestra —le contestó ella mientras cogía a la bebé.

—Y ¿cómo la llamaremos? —le preguntó mi papá.

—Se va a llamar, Teresita —le contestó mi mamá—, Teresita Gómez.

Mis padres fueron al hospital y luego a la policía. Ni en el hospital ni en la policía sabían nada de una bebé perdida. Ellos también fueron a hablar con el **padre**. Él tampoco sabía nada de una bebé perdida. Mi papá y mi mamá fueron a hablar con el señor Albeiro, el del granero; él tampoco había escuchado nada sobre una bebé perdida. Ellos se cansaron de preguntar. Nadie parecía saber nada. Todas las personas con las que hablaban, les decían: "¿y por qué no se quedan con la niña?"

Ese día por la noche, Valerio y María Teresa se convirtieron en los padres de Teresita. Se convirtieron en mis padres.

padre: *priest*

Teresita La maestra del piano

3

El piano

1948

Me gustaba la música que salía de los pianos. Miraba a las niñas tocar el piano. Las miraba por horas, pero ellas no me veían, nadie me veía. Yo era invisible. Era la hija del cuidador, nadie me miraba. Yo las miraba mientras estaban en clase. Me paraba en la puerta a verlas tocar. Las miraba aprender a tocar el piano. Miraba sus manos. Miraba sus dedos. Miraba las teclas del piano.

Miraba los dedos de las niñas y movía mis dedos. Miraba las teclas del piano y movía mis dedos. Movía mis dedos en un piano invisible. Tocaba como ellas, pero yo no tenía piano. Los pianos eran para las niñas que pagaban clases y yo no pagaba clases.

Mis padres no tenían dinero para pagarme clases. Mi papá era el cuidador del palacio y yo vivía allí. Esa era mi casa, pero no podía tocar los pianos.

Mi mamá me decía que los pianos no eran para niñas como yo. Los pianos eran para las niñas que tenían dinero y que podían pagar las clases.

Pero yo no podía controlar lo que sentía; yo los miraba, los escuchaba y los sentía.

Todos los días por la noche, después de cenar, acompañaba a mi papá a dar la ronda por el palacio. Él me dejaba caminar por los salones. Él me dejaba caminar por el palacio. Siempre entraba al salón que tenía los pianos y los miraba.

Un día me paré enfrente de un piano y miré sus teclas. Puse mis manos en el aire y comencé a tocar la melodía que las niñas estaban tocando durante el día. Toqué la melodía sin tocar las teclas. Mis dedos estaban en el aire porque mi mamá decía que los pianos no eran para niñas como yo.

Aunque no estaba tocando el piano, yo sentía la música; yo escuchaba la melodía.

Terminé de tocar la melodía en mi cabeza y me senté enfrente del piano. Sabía que no podía tocarlo. Mi mamá me decía que los pianos no eran para niñas como yo. Lo miré. Cerré los ojos y lo escuché.

El piano me hablaba.

Aunque nadie lo estuviera tocando, ¡me hablaba!

Aunque estuviera en silencio, ¡yo escuchaba su música!

¡Yo escuchaba la música que el piano quería que yo tocara!

Sin quererlo, puse mis manos sobre las teclas y comencé a tocarlas. Comencé a tocar la melodía nuevamente, pero esta vez tocando las teclas de verdad. Mis dedos se movían sobre las teclas, como si fueran buenas amigas.

¡Fue mágico, fue intenso… sin palabras!

—¡Teresita! —gritó mi papá desde lejos.

Paré de tocar. Estaba paralizada. ¡Él no podía saber que yo había tocado un piano! Si sabía que había tocado un piano se iba a enojar conmigo.

Salí del salón y cerré la puerta suavemente. Corrí a buscar a mi papá.

—¿Dónde estabas? —me dijo cuando me vio.

—Cerrando puertas —le dije sin mirarlo a los ojos.

—Vamos —me dijo—, es hora de dormir.

Esa noche no pude dormir. ¿Quién iba a dormir después de haber tocado un piano por primera vez? Llevaba meses mirando a las niñas tocar piano. Llevaba meses aprendiéndome las melodías y tocándolas en un piano imaginario, y hoy, finalmente había tocado un piano de verdad. No tenía palabras para explicar lo que sentía. Era otro mundo, era mágico, era… mi vida.

Adriana Ramírez

4

La magia empezaba después de las 8:00 p. m.

A partir de ese día, lo único que yo quería era que fueran las ocho de la noche para acompañar a mi papá a hacer la ronda por el palacio. Mientras él revisaba todos los salones, yo salía corriendo para el salón donde estaban los pianos, abría uno y comenzaba a tocar.

Tocaba con la luz apagada para no llamar la atención de mi papá.

Tocaba suave para que mi papá no me escuchara.

Tocaba la melodía que las niñas practicaban durante el día. Yo las miraba, la memorizaba y luego por la noche la tocaba.

Cerraba los ojos y tocaba.

Cerraba los ojos y sentía cómo mis dedos se movían por las teclas, como si fueran mis mejores amigas.

Cerraba los ojos y sentía cómo el piano se volvía una extensión de mis dedos.

Cerraba los ojos y sentía cómo el piano y yo éramos uno.

Y así pasaron unos meses. Meses en los que el piano y yo tuvimos una relación clandestina, una relación a escondidas, una relación oculta.

Pasaron unos meses en los que observaba de día y practicaba de noche.

Pasaron unos meses en donde éramos solo el piano y yo.

Teresita La maestra del piano

5

Mi primer concierto

1951

Cada seis meses había conciertos donde las alumnas tocaban para sus familias. Eran momentos para celebrar lo que ellas habían aprendido. Nunca podía ver los conciertos porque había mucha gente y yo no podía estar con ellas. La hija del cuidador no podía mezclarse con las niñas que iban al palacio. Era mal visto ver a la hija del cuidador caminando de día por el palacio, o yendo a sus conciertos.

Pero ese día logré esconderme detrás de una cortina muy grande y alta, que había al lado del escenario, para ver una parte del concierto.

Todas las niñas tenían vestidos especiales, se veían como ángeles. Una a una subían a donde estaba el piano, se sentaban y tocaban una melodía. Cuando terminaban, se paraban, miraban al público mientras este aplaudía, y hacían una venia.

Vi cómo todas repetían el mismo ritual: caminar hacia el piano, sentarse, mirar el piano, y tocar. Pararse, mirar al público, el público aplaude, hacer una venia.

El concierto se acabó y esperé que el público se fuera para poder salir de mi escondite. Mientras esperaba, repetía en mi cabeza una y otra vez lo que se hacía cuando se daba un concierto.

Ese día decidí practicar por la noche. Ese día quería también dar mi primer concierto. Ese día iba a dar mi primer concierto a un público imaginario. Al único público que podía tener una niña como yo.

Conté las horas, una a una, hasta llegar a mi hora mágica, las ocho de la noche.

—Vamos, Teresita —dijo mi papá—. Es hora de hacer la ronda.

Yo solo tenía dos vestidos, uno que me ponía todos los días, y el otro que era para los domingos, para ir a misa. Ese era el vestido especial.

Me puse el vestido del domingo. Iba a dar mi primer concierto y tenía que ponerme mi vestido especial.

—Teresita, ¿para dónde vas con ese vestido? —me dijo mi mamá—. ¿Estás loca? Hoy no es domingo.

Pero yo la ignoré y salí detrás de mi papá para comenzar la ronda.

Ese día, en vez de ir al mismo salón de siempre, fui a la sala de conciertos. Era lo último que revisaba mi papá así que tenía tiempo de dar mi concierto, antes de que él llegara o me pudiera escuchar.

Las luces de la sala de conciertos estaban apagadas, pero había una luz prendida cerca del piano. Era un momento especial para mí porque iba a dar mi primer concierto.

Repetí los pasos para no equivocarme: caminar hacia el piano, sentarse, y mirar el piano. Tocar, pararse, y mirar al público. El público aplaude. Hacer una venia.

Estaba lista. Caminé hacia el piano despacio, me senté y miré el piano. Comencé a tocar, cerré los ojos y toqué. Terminé de tocar, abrí los ojos y me paré. Miré hacia el "público" e hice una venia.

De repente, ¡alguien aplaudió! Yo me quedé paralizada. Miré hacia el público otra vez, pero no podía ver nada porque las luces estaban apagadas.

—¡Bravo, bravo! —dijo mi papá mientras aplaudía—. Esperame que voy a llamar a tu mamá.

Después de unos minutos, mi papá volvió al teatro, prendió la luz y entró con mi mamá. Los dos se sentaron.

—¡Tocá otra vez! —me dijo mi papá muy orgulloso.

Yo comencé el ritual de nuevo. Me senté frente al piano, toqué una melodía y terminé. Me paré e hice una venia a mi público de dos personas.

Mi papá aplaudió otra vez.

—¡Qué vamos a hacer, Valerio! —dijo mi mamá con voz angustiada—. ¡Nos van a echar! Tocar piano es para gente rica y nosotros somos pobres. ¿Qué vamos a hacer con la niña?

—No te preocupés, María. Nadie nos va a echar. Vamos a ver qué hacemos para que la niña pueda tocar piano —le dijo mi papá con una sonrisa.

No sabía si estaban enojados conmigo. No sabía qué me esperaba, pero sí sabía que podía contar con mi papá.

Teresita La maestra del piano

6

Clases clandestinas

1952

Una noche, como todas las noches, fui a practicar piano mientras mi papá hacía la ronda por los salones del palacio. Como siempre, me senté en frente del piano y comencé a tocar la melodía que habían estado aprendiendo las niñas esa semana. De repente, alguien prendió la luz.

—¡Teresita! —dijo la voz de una mujer.

Yo me quedé paralizada. Era la maestra Marta, una de las maestras de piano. Este era su salón. Aquí ella les enseñaba a las niñas a tocar piano. A esa hora ella normalmente ya se había ido, pero ese día no. Ese día no se había ido. Ese día ella estaba en el salón con las luces apagadas y yo no la vi.

Paré de tocar. Mis manos comenzaron a temblar. ¡Me habían descubierto, iban a echar a mi papá y nos íbamos a quedar sin casa y mi papá sin su trabajo!

—¡Teresita! —repitió ella— ¿Dónde aprendiste a tocar piano? —me preguntó.

—Aquí, maestra Marta —le dije.

—Pero ¿cómo que aquí? ¿Si tú no estás en clases? —me dijo sorprendida.

—Yo miro a las niñas tocar en el día y practico lo que veo en la noche —le dije temblando.

—Entonces, ¿has aprendido sola? —me preguntó.

—Sola no, maestra. Yo la veo a usted y a la maestra Ana enseñarles a las niñas y aprendo. Yo miro a las niñas tocar, y aprendo —le contesté.

En ese momento llegó mi papá. Cuando entró en el salón, él se dio cuenta de lo que pasaba. Yo lo miré y vi en sus ojos angustia. Sabía que, si la maestra Marta hablaba, nos echaban a todos a la calle.

—Lo siento, maestra Marta —dijo mi papá caminando hacia mí—. Es mi responsabilidad. Entiendo si decide hablar con la directora. Necesito unos días para poder empacar nuestras cosas y poder encontrar a dónde ir —le dijo mi papá mientras me cogía de la mano y me llevaba hacia la puerta.

—Valerio, ¡qué cosas dice! —le contestó ella—. Yo no voy a hablar con nadie. Ustedes no han hecho nada malo.

—Gracias, maestra Marta —le dijo mi papá.

—Lo que tenemos que hacer es darle clases a esta niña. ¡Tiene mucho talento! ¿Qué niño aprende a tocar piano solo? —le dijo ella mientras me miraba a los ojos—. No te preocupes, Teresita, que no has hecho nada malo. De ahora en adelante me voy a quedar después del trabajo para darte clases cuando todo el mundo se vaya. Nos vemos mañana en tu primera clase de piano oficial —me dijo mientras me miraba a los ojos y se paraba—. Hasta mañana, Valerio.

La maestra Marta le habló a la maestra Ana de mí. La noche siguiente se quedaron las dos para verme tocar.

—Muéstranos lo qué sabes tocar, Teresita —me dijeron.

Yo me senté en frente del piano y comencé a tocar todas las melodías que sabía. Cuando terminé, las miré. Ellas se miraron y asintieron con la cabeza. La maestra Ana se fue y me quedé con la maestra Marta, en lo que fue mi primera clase.

Desde ese día en adelante tenía clase de piano clandestina, todos los días por la noche, unas noches con la maestra Ana, otras con la maestra Marta. Ellas se convirtieron en mis ángeles. Ellas creyeron en mí.

Así pasaron unos meses, no recuerdo cuántos, pero fueron varios. Los días de semana por la noche eran mis favoritos. En semana siempre tenía clases de piano con mis maestras. En semana era cuando era más feliz.

Y luego llegaban los fines de semana. Los fines de semana eran tristes. La maestra Ana y la maestra Marta estaban con sus familias, así que no había clases de piano, tampoco había niñas en la escuela. No había nadie, a excepción de algunos pintores que venían a trabajar en su arte. El palacio sin gente era un lugar triste.

El palacio era mi casa, pero también era mi lugar para jugar. Yo no tenía amigas, no tenía con quién jugar. Si no estaba en la escuela, estaba caminando por el palacio, o tocando piano por las noches.

Aunque en el barrio donde vivíamos, vivían casi todas las niñas que iban a clase de piano, yo no podía jugar con ellas. Sus padres no las dejaban jugar conmigo porque yo era negra.

Yo no entendía la relación entre ser negra y que ellas no pudieran jugar conmigo. Tampoco entendía por qué yo tenía la piel negra, si mi papá y mi mamá tenían la piel blanca. Así que un día, cansada de sentirme diferente y sin entender la relación entre el color de mi piel y el color de la piel de mis padres, le pregunté a mi mamá,

—Mamá, ¿por qué soy negra?

—Teresita —me contestó ella mirándome—. "Tú no eres negra, lo que pasó es que tomaste tinta y se te oscureció la piel".

La verdad yo no entendí lo que me dijo. Yo sabía que yo no me había tomado una tinta, yo sabía que la tinta no era la causa del color de mi piel. Lo que no sabía ni entendía, era por qué mi mamá no podía aceptar que yo era negra. No entendía por qué mi mamá decía esas cosas.

Ahora sé y entiendo que mi mamá era racista y tenía un problema con el color de mi piel. Pero también sé y entiendo que era su forma de protegerme. Sé y entiendo que era su forma de negar una realidad que era fuerte (el clasismo y el racismo de mi ciudad), y que ella sabía que me iba a tocar.

Adriana Ramírez

7

Ya no me tenía que esconder

Un día, después de varios meses de clases clandestinas, la maestra Marta me dijo,

—Teresita, quiero que comiences a recibir clases con las otras niñas.

—Pero, maestra, usted sabe que mi papá no puede pagar esas clases —le dije.

—Yo sé, voy a ver qué puedo hacer. La Escuela de Bellas Artes tiene que hacer algo. Tienes mucho talento.

—¿Y cómo va a hacer? —le dije.

—Mañana vamos a ir tú y yo a la oficina de la directora, y tú vas a tocar para ella —me dijo—. Sé que después de escucharte nos va a ayudar.

Al día siguiente, yo me puse mi vestido especial, el que me ponía los domingos para ir a misa, y fui al salón de la maestra Marta. Desde allí caminamos juntas a la oficina de la directora. Cuando entramos, ella me miró y le preguntó a la maestra Marta,

—¿Qué hace la niña aquí? ¿Pasó algo?

—No, directora. Solo quiero que vea algo. ¿Nos acompaña a mi salón? —le dijo la maestra Marta.

Caminamos hacia el salón de la maestra Marta, y cuando llegamos, ella me dijo,

—Teresita, muéstrale a la directora lo que sabes hacer.

Yo caminé hacia el piano, me senté en frente de él y comencé a tocar una de mis melodías favoritas, era de Bach. Cuando terminé, miré a la maestra Marta y luego a la directora. La maestra me dijo,

—Teresita, espérame aquí, ya vuelvo.

La maestra y la directora salieron del salón y yo me quedé sola, en silencio, esperándolas.

Después de varios minutos, no sé cuántos, pero parecían muchos, entró la maestra Marta en el salón. Se veía feliz, estaba sonriendo. Caminó hacia mí, y mirándome a los ojos me dijo,

—Teresita, la directora acaba de darte una beca para que puedas estudiar piano aquí.

Yo no le entendí muy bien. Yo no podía estudiar en Bellas Artes, ¡yo no podía estudiar con las otras niñas, mis padres no tenían dinero para pagar las clases!

—Maestra, Marta —le dije—, no entiendo. Usted sabe que yo no puedo estudiar aquí con las otras niñas.

La maestra se sentó para poder quedar a mi altura y explicarme lo que estaba pasando.

—Mirá, Teresita. Una beca es que no tenés que pagar clases. Tus papás no tienen que pagar por las clases. Podés venir a las clases durante el día. No tenemos que escondernos más. No tenemos que esperar a que sea la noche para que podás aprender a tocar piano. ¡Podés estar en clase durante el día con las otras niñas! —me dijo mirándome a los ojos, esperando a ver si yo sí había entendido.

Yo no lo podía creer. ¡Esto era un sueño! Yo, clases de piano en El Palacio de Bellas Artes, como una alumna cualquiera. Miré a la maestra Marta, le sonreí y salí corriendo a buscar a mi papá. Le tenía que contar a mi papá lo que había pasado; sabía que él se iba a poner muy feliz.

Yo era una estudiante muy aplicada. Estaba en clases de día y practicaba de noche. Aunque ya no tenía que esconderme ni esperar a que fuera de noche para tocar piano, seguí practicando mientras mi papá hacía su ronda por el palacio.

Pero, aunque tenía el apoyo de mis maestras y de la directora, y aunque muchas niñas eran amables conmigo, era difícil escapar de la mirada racista y clasista que hacía parte de la ciudad en esa época. No mucho después de comenzar mis clases, comenzó a **regarse el cuento** de que la "hija negrita" del cuidador de Bellas Artes estaba aprendiendo a tocar música clásica y que era muy buena. Decían esto como si fuera algo raro, como si fuera algo imposible.

A los ojos de estas personas, ser negro y tocar música clásica no era una opción; era algo de lo que se tenía que hablar.

Cuando yo caminaba hacia mi clase y me encontraba con las mamás de las otras niñas, sentía que se quedaban mirándome.

Sentía que me analizaban con la mirada.

Sentía que trataban de entender por qué yo, la niña negra y pobre, estaba tocando mejor que muchas de sus hijas. Como si la clase social y el color de piel determinaran las capacidades de una persona.

Cuando estaba en clase, veía que muchas mamás entraban al salón a verme tocar. Mientras tocaba, ellas me miraban y hablaban en voz baja.

Me volví el centro de las habladurías entre las mamás y las niñas que iban a clase de piano a Bellas Artes. Las miradas eran tan intensas y los comentarios tan racistas que aprendí a ignorarlos. Aprendí a cerrar los ojos y a pensar solo en el piano. Aprendí a volverme una con el piano.

Desde que tenía más o menos nueve años, aprendí a sentir el piano no como un instrumento sino como la extensión de mis dedos. Desde ese momento entendí que el instrumento no era el piano sino yo misma. Comprendí que éramos el piano y yo, solos contra el mundo.

Para una mujer poder salir adelante y ser reconocida, tiene que ser mucho mejor que cualquier hombre.

Para una mujer negra poder salir adelante y ser reconocida, tiene que ser doblemente mejor. Tiene que ser mejor que cualquier hombre, y mejor que cualquier mujer de piel blanca.

Nuestro valor solo se reconoce cuando somos excepcionales. No tenemos el privilegio de ser, simplemente, ser. Tenemos que ser excepcionales para poder recibir la mirada, el reconocimiento y la valoración de los otros.

Yo era muy buena tocando el piano. Yo era mejor que muchas de las alumnas que había en esa época. Pero como era negra, en vez de decirme que era buena, tenían que criticarme porque esa combinación no encajaba.

En la sociedad de Medellín de los años cincuenta, no se podía ser negro y tocar música clásica. Era algo contradictorio. La sociedad mestiza que se creía blanca había decidido que la música clásica no era música para los negros.

Lo más paradójico de todo era que los afrocolombianos, la gente como yo, no perdían la oportunidad para hacerme saber que, al tocar música clásica estaba supuestamente yendo en contra de mi raza. Me decían que esa música no iba con lo que yo era.

Nunca entendí estos comentarios, como si la música tuviera color de piel o clase social.

Vuelvo y digo, desde pequeña comprendí que éramos el piano y yo, solos contra el mundo.

A pesar de las habladurías, las envidias, la discriminación y las críticas…

A pesar de la supuesta contradicción que era verme tocar piano con una música que no "estaba hecha para mí"…

A pesar de mi clase social y del racismo…

A pesar de todo eso, di mi primer concierto sola en Bellas Artes en un teatro lleno de miradas curiosas de padres de familia, maestros y estudiantes, cuando tenía solo diez años.

regarse el cuento: *spread the story*

Teresita La maestra del piano

8

Traicionada por la religión

1955

Tenía doce años e iba a comenzar el bachillerato, primero de bachillerato. Ya estaba lista para dejar de ir a la escuela primaria y comenzar a asistir a la escuela donde iban las niñas más grandes, el bachillerato. Hasta ahora había ido a una escuela pública y no religiosa, que quedaba cerca de mi casa.

Yo era una niña muy creyente. Rezaba por la mañana antes de salir para la escuela, y rezaba por la noche antes de dormirme. Rezaba con mis padres antes de cenar e íbamos a misa todos los domingos. Si podía ir a misa con mi mamá en la semana también lo hacía. Dios era el centro de mi vida.

Por esta razón, quería estudiar mi bachillerato en un colegio religioso, en un colegio de monjas.

Era mi sueño estudiar mi bachillerato en un lugar donde Dios fuera el centro de todo.

Era mi sueño estudiar mi bachillerato en un lugar donde pudiera aprender sobre la religión y pudiera ir a misa todos los días.

Le hablé a mi papá de mi sueño. Él me dijo que no había problema y que iba a hablar con las monjas para pedir cupo. Siempre hay que hablar con las monjas para pedir cupo. No aceptan a todo el mundo.

Yo sabía que mi papá iba a ir ese día a hablar con las monjas y no veía la hora de saber qué le habían dicho. Cuando abrió la puerta de la casa, corrí a saludarlo y a preguntarle cómo le había ido.

—¿Qué les dijiste, papá? —le pregunté ansiosa.

—Les dije que mi hija era muy estudiosa y aplicada. Les dije que mi hija era muy buena tocando el piano, que era muy creyente y que su sueño era estudiar en su colegio —me contestó.

—¿¡Y!? ¿Qué te dijeron? —le dije ansiosa.

—Estaban muy impresionadas. Me dijeron que antes de decirme sí, tenían que conocerte. Así que, vamos mañana —me dijo mi papá.

Yo estaba feliz. Era un sueño para mí poder estudiar con las monjas. Al día siguiente me puse mi vestido especial, con el que daba los conciertos en Bellas Artes y con el mismo que iba a misa los domingos. Salí orgullosa al lado de mi papá hacia el colegio de las monjas. Este no quedaba muy lejos de la casa, podíamos ir caminando.

Cuando llegamos al colegio me sentí muy incómoda. Las alumnas me miraban de arriba a abajo y de abajo a arriba. Había grupos de estudiantes que me miraban y hablaban en voz baja (probablemente estaban hablando de mí), y algunas de las maestras también me miraban sorprendidas.

Mi papá me cogió del brazo y me llevó a la oficina de la monja directora. Yo sé que él también se dio cuenta de la forma cómo me miraron. Yo vi que no le gustó. Yo sentí como apretaba sus manos para calmarse.

Cuando llegamos a la oficina de la monja, mi papá tocó la puerta,

—Adelante —dijo alguien desde adentro.

Mi papá abrió la puerta y entramos. La monja directora estaba sentada en su escritorio. Cuando nos vio entrar miró a mi papá primero y luego a mí. Su cara mostraba confusión.

—Buenos días, madre —le dijo mi papá.

—Buenos días, Valerio —le dijo ella—. Cuénteme, ¿qué necesita?

—¿Recuerda que ayer hablamos sobre un cupo para mi hija en su colegio? ¿Y recuerda que usted me dijo que antes de decir que sí, quería conocerla? —le dijo mi papá.

—Sí, recuerdo —le contestó la monja fuerte.

—Bueno, esta es mi hija, Teresita. Es una buena hija, una estudiante aplicada, una experta en el piano y una persona muy creyente.

La monja me miró de arriba a abajo y luego miró a mi papá,

—Lo siento, Valerio, pero ya no tenemos más cupos. No podemos recibir a su hija —le dijo ella mirando hacia unos papeles que tenía en su escritorio, pretendiendo trabajar.

Mi papá sabía lo que estaba pasando y apretó sus manos nuevamente. Eso hacía cuando tenía que calmarse. Apretaba sus manos en forma de puño. Las apretaba tanto que estas se ponían rojas. Muchas veces lo vi hacer esto.

—Madre, pero ayer había cupo y hoy no. No entiendo, no es posible que se acaben los cupos de un día para otro —insistió mi papá.

La monja directora lo miró incómoda. Ella esperaba que él entendiera. Ella esperaba no tener que dar más explicaciones, pero mi papá no lo iba a dejar así e insistió.

—Madre, mi hija es una buena estudiante y una buena persona. Es una niña perfecta para este colegio —le dijo mi papá.

—A ver, Valerio —le dijo la monja directora—, no recibimos niñas negras en este colegio. Lo siento —le contestó ella volviendo a mirar hacia los papeles que tenía en su escritorio. Sin dolor, sin pena, sin arrepentimiento, la monja directora me había negado un cupo en su colegio porque yo era negra.

Mi papá me cogió del brazo otra vez y me dijo,

—Vámonos, Teresita. No hay nada qué hacer aquí. ¡Son unas racistas!

A partir de ese día me alejé de la religión católica. Me di cuenta de que decían una cosa, pero a la hora de la verdad hacían otra. No les importaba la persona que yo era sino mi color de piel.

Para ella el color de piel era más importante que la persona.

Para ella lo de afuera era más importante que lo de adentro.

Qué paradójico, ¡completamente opuesto a las enseñanzas de Jesús!

A partir de ese día me di cuenta de que la religión también era clasista y racista, así que dejé de ir a misa. A partir de ese día mi relación con Dios fue a través de mi música. La música se convirtió en el camino hacia mi espiritualidad.

Pero como dejé de ir a misa, mi mamá pensaba que me iba a ir para el infierno. Un día, un padre que daba clases de piano en Bellas Artes le dijo a mi mamá, que solo los ángeles tocaban piano como yo. Él le dijo a mi mamá que yo ya tenía un puesto en el cielo, y como era padre mi mamá le creyó.

Ese día mi mamá aceptó que yo no iba a ir más a misa. Ella entendió que lo del cielo y el infierno no eran cosas que a mí me importaran. Muchas veces le dije que ir a misa no lo hacía a uno mejor persona. Ya la monja directora nos había demostrado esto.

Mi mamá no se daba cuenta que el infierno, al que ella tanto le tenía miedo, estaba aquí, en este mundo lleno de personas con prejuicios; en este mundo lleno de personas racistas y clasistas que se creían mejor por su dinero y su color de piel.

Mi mamá siempre fue muy racista. Cuando tenía más o menos dieciséis años, uno de mis mejores amigos era negro, como yo. Se llamaba Billy. Yo iba con él a todas partes. Íbamos juntos para arriba y para abajo. A mi mamá no le gustaba que yo tuviera un amigo negro y siempre me decía,

—Teresita, ¿por qué te relacionás con ese negro? ¿No tenés más amigos?

—Mamá, yo soy negra también. Si hablás así de él, estás hablando así de mí —le contestaba yo.

—"Vos no sos negra, Teresita" —me respondía ella.

Con mi mamá aprendí que las contradicciones son parte de la vida.

Aprendí que, aunque yo sabía que me quería y que se sentía mi mamá, al mismo tiempo no le gustaba el color de mi piel. Dos contradicciones en una misma persona, amor por una parte y desprecio por la otra.

Con mi papá aprendí el amor incondicional, fue mi amigo y mi protector. Siempre creyó en mí. Siempre me quiso como era. Siempre se sintió orgulloso de mí y me ayudó a luchar por mis sueños.

Mi papá me enseñó a ayudar, a dar, a compartir. Me enseñó a ver la humanidad en los otros, especialmente en aquellos a los que la sociedad rechazaba. Me enseñó a ver las cosas buenas de la vida. Me enseñó a tener la cabeza en alto y a sentirme orgullosa de quien era.

Yo sé que él no era perfecto, pero para mí sí lo era.

El día que mi papá se murió, fue el día más triste de mi vida. No solo se había muerto mi papá sino también mi mejor amigo, mi ángel.

Teresita La maestra del piano

9

La Universidad de Antioquia

1961

Soy hija de Bellas Artes, pero también soy hija de la Universidad de Antioquia. Mi educación oficial como música y como pianista la hice en la Universidad de Antioquia. La misma universidad en la que he trabajado por muchos años, enseñando piano a las nuevas generaciones.

El día que entré a estudiar música en la universidad fue un día muy especial para mi papá. Él no podía creer que su hija iba a convertirse en una pianista profesional. Para él, que yo fuera a la universidad era un gran logro. Ni él ni mi mamá habían ido a la universidad, así que su sueño de estudiar, se hizo realidad a través de mí.

Una de las mejores cosas que tiene Medellín es esta universidad, la Universidad de Antioquia. Es una universidad pública, de la gente y para la gente. Todas las clases sociales se mezclan allí, en un lugar donde lo que importa es el conocimiento, no la religión ni el dinero ni el color de piel. Después de todos estos años, esto no ha cambiado. Ahora, como profesora de piano, tengo estudiantes muy diferentes. Esta es nuestra riqueza.

Mientras estaba en la Universidad de Antioquia, tuve el privilegio de aprender piano con el reconocido pianista colombo-holandés, Harold Martina. Harold fue un muy buen maestro que me ayudó a llevar mi técnica a un nivel más alto. Fui su alumna por dos años. Fueron dos años de trabajo intenso y de aprendizaje.

Finalmente, me gradué con honores de la Universidad de Antioquia como concertista y maestra de piano. El día de la graduación, mi papá estaba feliz; tenía una sonrisa en la cara que no se le iba. Él estaba muy orgulloso de mí, su hija, y de mis logros. Estaba muy orgulloso de que, a pesar de todos los obstáculos, yo estuviera en ese lugar. Él sabía que no había sido fácil. Sabía que para estar ahí había tenido que luchar contra el sistema. Sabía que yo había sido la primera y que no sería la última, pues yo no solo estaba abriendo camino para mí, sino para todos los otros que venían detrás.

Adriana Ramírez

10

Bogotá

Aunque siempre supe que yo era diferente, mi papá me hizo ver que esa diferencia era mi fortaleza. Yo siempre he sido una persona crítica, que cuestiona todo. Mi papá me mostró que eso era importante. De hecho, muchas de esas cosas las aprendí de él.

Mis experiencias de vida, la discriminación y el racismo que he vivido, me han enseñado a tenerle miedo a la gente normal.

La gente normal juzga a los que no son como ellos. La gente normal se cree mejor, superior y normal.

Siempre sentí una atracción por los no "normales", por los que la sociedad veía como "raros", por los que no encajaban. Yo era una de ellos.

Y fue así como mis grandes amigos fueron los artistas, los músicos, los pintores, los actores, los filósofos y los poetas. Todos aquellos que la sociedad tradicional de mi época rechazaba por raros y porque iban en contra del *statu quo;* los que eran de apariencia pobre pero ricos de espíritu y de intelecto.

Con ellos me entendía. Con ellos podía ser yo. Con ellos no había apariencias ni juzgamientos. Éramos los nadies, los diferentes, los olvidados. Esa era mi gente.

Pero, aunque tengas amigos que te entiendan, aunque sepas quién eres, aunque hayas encontrado tu pasión, no es fácil ir en contra de la sociedad. Después de la muerte de mi padre, perdí mi roca y mi fortaleza.

Ser una pianista negra en Medellín, era algo que la élite de la ciudad no podía aceptar. Era muy difícil encontrar trabajo o hacer conciertos.

Nadie quería verme tocar, nadie quería darme la mano. Las élites de la música me rechazaron y me cerraron las puertas.

Me criticaban por los amigos que tenía y por mi color de piel. Me criticaban porque era mujer en un mundo principalmente de hombres.

Decían cosas de mí que no eran verdad.

Decían que como no había estudiado piano en Europa, como ellos, no sabía tocar.

Yo creo que nunca pensaron que me iba a graduar con honores de la Universidad de Antioquia, por eso tenían que inventar algo. Entonces, recurrieron al clasismo

Decían que la música clásica no era para los negros.

Yo creo que nunca pensaron que iba a tocar mejor que ellos, que mi técnica iba a ser mejor, por eso tenían que inventar algo. Entonces, recurrieron al racismo.

Yo estaba cansada de luchar. Estaba cansada de tener que demostrarle a la gente que yo tenía derecho de estar ahí; que tenía el mismo o más derecho que ellos. Estaba cansada de tener que trabajar más que todos y de tener que ser mejor que todos para que me tuvieran en cuenta, y ni así lo hacían.

Siempre había una excusa. Siempre había un pero.

Y yo necesitaba dinero para poder vivir. No podía vivir del aire, ni de la poesía ni de la filosofía de mis amigos. No podía vivir de mis amigos porque ellos tampoco tenían de qué vivir. Así que decidí irme para Bogotá, la capital.

Teresita La maestra del piano

11

Europa

1983

En Bogotá pude trabajar como pianista, y siendo pianista, el presidente Belisario Betancur me contrató como representante cultural de Colombia en Alemania. El presidente Betancur me había escuchado tocar varias veces en el Teatro Colón y había quedado muy impresionado con mi técnica. Él pensó que yo podría ser una buena representante de Colombia en Europa, y decidió darme el puesto. Así empezó, en 1983, mi aventura de cuatro años en Europa.

Llegué a Alemania, al apartamento pequeño que me habían dado. Al otro día de haber llegado fui a las oficinas de la embajada a hablar con el embajador. Él sabía que yo venía, él sabía que yo era la nueva representante cultural, pero él no me conocía y no sabía quién era yo. Cuando llegué a la embajada y pregunté por el embajador, la secretaria me miró de arriba a abajo; había algo de desprecio en su mirada.

—Soy Teresita Gómez, la nueva representante cultural. Acabo de llegar de Colombia —le dije.

Ella no tuvo más opción que anunciarme al embajador, pero en su cara podía ver que no creía que yo fuera la nueva representante cultural.

Después de unos minutos, el embajador me llamó y entré en su oficina. Otra vez la mirada, la misma mirada de siempre, la mirada racista, la mirada de alguien que no puede entender qué estoy haciendo yo en ese lugar. La misma mirada de las primeras personas que me vieron tocar piano. La misma mirada de la monja directora cuando me vio entrar en su oficina. La mirada del desprecio.

—Me dijo mi secretaria que usted es la nueva representante cultural, ¿es verdad? —me preguntó.

—Sí, señor. Soy Teresita Gómez, pianista y maestra de piano. El presidente me contrató para que represente a Colombia aquí en Europa —le dije.

Él se quedó mirándome y con desprecio me dijo,

—¿Pianista? ¿Maestra de piano? ¿Y usted sí sabe leer y escribir?

Cerré mis ojos. Los años me habían enseñado a controlarme. Los años me habían enseñado a mostrarles quién era yo con hechos, no con palabras. No quería un problema en mi primer día de trabajo.

Abrí los ojos, le sonreí y le dije,

—Sí, señor. Sé leer, escribir y también sé leer música, escribir música y tocar el piano. Si quiere le muestro.

Él me miró nuevamente. Pienso que no podía creer que fuera yo la representante del gobierno que venía de Bogotá. Pero él no podía hacer nada, tenía que trabajar conmigo por los siguientes cuatro años, quisiera o no.

Teresita La maestra del piano

Durante mis años en Europa tuve la oportunidad de seguir aprendiendo piano. Estuve en clases con maestros de piano famosos y logré perfeccionar mi técnica.

También comencé a dar conciertos en varias ciudades. Ese era mi trabajo, mostrar el talento colombiano. Tocaba principalmente música de compositores colombianos de música clásica, como Luis Antonio Calvo y Adolfo Mejía. También tocaba los clásicos del piano como Bach y Beethoven. Mi primer concierto en Europa fue en París, luego toqué en Viena, La Haya, Budapest, Varsovia... toqué en muchas ciudades.

Después de mis años en Europa, volví a Colombia, a Medellín, y comencé a trabajar como profesora de música en la Universidad de Antioquia, alternando con mis conciertos nacionales e internacionales.

Fueron unos años buenos, llenos de música y arte.

12

La cirugía

Más de diez años habían pasado. Era más o menos el año 2000. Ya tenía tres hijos, dos exesposos, y una mano que no quería tocar más piano.

Mi mano derecha me dolía mucho. No podía tocar el piano más de diez minutos sin comenzar a sentir un dolor fuerte que me hacía parar. No sabía qué me pasaba, lo único que sabía era que no podía tocar y me dio pánico.

¿Quién era yo sin el piano? ¿Quién era yo sin mi música? ¿Qué iba a ser de mi vida si no podía volver a tocar?

Fui a ver al doctor. Lo que tenía era algo que les daba a las personas que trabajaban mucho con sus manos. Yo vivía de mis manos. Mis manos eran mi trabajo y mi vida. El dolor que sentía tenía solución, pero solo se podía solucionar con una cirugía.

Bueno… eso no sonaba mal, me hacía la cirugía y listo, pero el doctor me dijo que la cirugía era la parte fácil; después de la cirugía tenía que aprender a tocar piano otra vez, desde cero. Después de la cirugía tenía que enseñarle a mi mano a moverse otra vez.

Me dio pánico. ¿Y si no podía enseñarle a mi mano a tocar piano otra vez? ¿¡Qué iba a hacer!?

No tenía otra opción, me operaron. Estaba en mi casa recuperándome. Tocaba un poco de piano con la mano buena, la otra no la podía mover todavía. Pasaba los días leyendo y meditando. Trataba de hacer cosas, de estar ocupada. No quería pensar mucho, no quería pensar en mi mano ni en el camino que tenía que seguir. No quería pensar en mi recuperación.

Pensar me daba pánico. Pensar me deprimía. Estaba tratando de no deprimirme. No fue fácil.

Estaba tratando. Estaba luchando. Los días no eran fáciles, pero lograba pasarlos, uno a uno.

De repente, algo pasó en mi vida, algo que no esperaba, algo profundamente doloroso que me empujó al otro lado. Me fui al abismo. Mi hijo Vladimir, se murió.

Mi mundo se volvió oscuro, nada tenía sentido, no entendía nada, no sabía qué pasaba. No quería hacer nada, no quería salir, no quería ver el piano, no quería hablar con nadie.

Mis estudiantes se preocuparon, son mi familia, son mis hijos también; son los hijos que me ha dado la vida. Ellos sabían que yo no estaba bien y decidieron hacer algo para ayudarme. Comenzaron a llamarme y a visitarme.

Cuando iban a mi casa, alguno se ponía a tocar el piano mientras otro me contaba sus cosas. Un día, uno de ellos me dijo que lo ayudara a tocar con mi mano buena. Hacía tiempo que yo no tocaba piano. Tocamos un dueto. Era la primera vez que tocaba piano desde la muerte de mi hijo. Sentí algo especial. Sentí que el piano me había hablado. Sentí que mi hijo estaba en la música que había tocado.

Adriana Ramírez

Cuando ellos se fueron volví a sentarme en frente del piano, lo miré, miré mi mano y la puse en el piano. No podía hacer mucho. La podía mover, pero no podía tocar. Esa mano ya no sabía tocar. Pero esta vez no me dio pánico. Esta vez insistí. Esta vez traté.

Estuve sentada tratando de tocar el piano con mis dos manos por casi dos horas. Estaba cansada, exhausta, pero algo en mí había cambiado. No se sentía oscuro adentro, sentía algo de luz. Sentí esperanza.

Seguí tratando, seguí insistiendo, seguí practicando. Fueron tres años de trabajo intenso, de insistir, de tratar, de practicar. Fueron tres años de rehabilitación, de enseñarle a mi mano a tocar piano otra vez, desde cero. Tres años lejos de los escenarios, lejos de los conciertos, pero no lejos de la música ni de mis estudiantes. Gracias a ellos, a la esperanza que me dieron y al amor que me demostraron, logré aprender a tocar piano otra vez.

13

El concierto

Habían pasado un poco más de tres años después de mi cirugía en la mano y estaba lista para dar mi primer concierto posoperatorio. Era otra vez mi primer concierto, porque después de la cirugía tuve que aprender a tocar piano otra vez.

Este concierto era en el Teatro Colón, en Bogotá. En ese momento, este era el teatro más importante de la ciudad y siempre se llenaba de personas que sabían de música. No era un público fácil. Era un público que conocía la música clásica y que en su mayoría ya me había visto tocar

Estaba muy nerviosa, había practicado mucho y sabía que estaba lista, pero sentía un miedo profundo que no se iba.

Tenía mucho miedo. Tenía miedo de que mi mano no me respondiera. Tenía miedo de que no pudiera tocar tan bien como antes. Tenía miedo de que a la gente no le gustara como yo tocaba. Tenía miedo de que la gente supiera que tenía miedo.

Cuando estaba en el camerino me paralicé. No podía pensar. No me acordaba de nada. No me acordaba de las melodías. No podía recordar las notas. ¡No sabía nada!

Yo nunca tocaba con partitura, sino que siempre me aprendía la música de memoria. A mí me gusta tocar con los ojos cerrados para poder conectarme con el piano. Me aprendo la música para no tener que mirar un papel mientras toco, pero ese día, en ese momento, no me acordaba de nada. Cuando trataba de pensar en la "música" que iba a tocar, no podía "verla" en mi mente. Entré en pánico y comencé a caminar de un lado para el otro.

Alguien tocó la puerta y dijo,

—Maestra, es hora de subir al escenario.

Salí del camerino y caminé despacio hacia el escenario. Estaba paralizada. El miedo me estaba consumiendo.

Tenía miedo de equivocarme, de no poder tocar. Tenía miedo de volverme el centro de las habladurías, de que la gente dijera que yo no podía tocar.

Llegué al escenario, esperé a que me anunciaran y salí. Saludé a las personas e hice la venia tradicional. Me senté en frente del piano, lo miré, miré mis manos y cerré mis ojos. No me acordaba de nada. No sabía las notas. No sabía la melodía, ¡nada!

No tenía otra opción sino **morir en el intento**. Sabía que iba a terminar mal.

Cerré mis ojos y puse mis manos en las teclas del piano. Dejé que ellas se movieran como se habían movido tantas veces. Decidí no pensar, tenía que creer en mis manos. Ellas sabían el camino, ellas conocían las teclas como si fueran sus mejores amigas, de hecho, lo eran. Mis manos sabían sentir cada tecla, sabían reconocerlas. Las teclas siempre se dejaban descubrir por mis manos, se dejaban tocar.

Cuando menos lo pensé sentí unos aplausos. Me di cuenta de que había terminado porque la gente me estaba aplaudiendo. Yo seguía con los ojos cerrados. Los abrí y miré mis manos. ¡No lo podía creer! ¿Qué había pasado?

No sabía cómo había tocado, no me acordaba de nada, pero aparentemente lo había hecho muy bien. Las personas seguían de pie, aplaudiendo y gritando.

Más tarde, varias personas me dijeron que había sido mi mejor concierto. Me dijeron que nunca me habían visto tan conectada con el piano. Me dijeron que había sido mi concierto más profundo.

Ese día entendí que el piano no es el instrumento, sino yo. El instrumento son mis manos. El piano es la extensión de mis manos.

morir en el intento: *to die trying, to die in the attempt*

Adriana Ramírez

14

La maestra

Tengo ochenta años y todavía toco el piano, todavía doy conciertos. Pero lo que más me gusta hacer es enseñar. Soy maestra de piano en la Universidad de Antioquia. Cuando me paro enfrente de mis estudiantes, me olvido de quién soy y comienzo a ser la maestra que ellos necesitan.

Pienso que ser maestra es una gran responsabilidad. Es un privilegio poder tener la oportunidad de darle a otros lo que uno es, lo que uno sabe, lo que uno tiene. Es un privilegio poder ser ese apoyo que nuestros estudiantes necesitan para poder ser lo que quieren ser.

Soy feliz enseñando, soy feliz tocando piano, soy feliz hablando con la gente. En Medellín, mi ciudad, la gente me quiere. Cuando me ven por la calle, en cualquier lugar, o cuando cojo un taxi, siempre me saludan con respeto. Me dicen, "Buenos días, maestra" o "¿Cómo está, maestra?".

Yo siento el amor en sus palabras, cuando me saludan, cuando me hablan. Siento que soy su pianista. Creo que me he convertido en la pianista de los colombianos. La verdad es que soy de ellos y para ellos. Soy de mi gente y para mi gente.

Sé que mi vida no ha sido fácil, pero cada momento ha valido la pena. Sé que he hecho muchas cosas importantes. He abierto caminos para que otros puedan caminar sin problemas.

Yo le demostré a la gente que la música clásica no tiene clase social ni color de piel. Yo le demostré a la gente que para tocar bien el piano no hay que estudiar en Europa, que en Colombia también podíamos aprender a tocar el piano muy bien. Yo le demostré a la gente que se puede soñar, pero soñar no es suficiente cuando la sociedad está en tu contra.

Muchos son los que sueñan, pero los sueños normalmente prefieren a los que tienen dinero y la piel blanca.

Tenemos que seguir luchando. La lucha no se ha acabado. Todavía nos quedan muchos caminos por abrir.

Aunque puedo decir que, como sociedad, somos un poco menos racistas, todavía hay mucho por hacer.

Todavía hay grupos de la sociedad que son rechazados por su color de piel y su clase social.

Todavía hay muchas personas que no pueden tener una buena educación.

Todavía hay muchos niños que quieren aprender música, pero no pueden porque sus padres no tienen dinero para pagar sus clases.

Tenemos que seguir luchando. La lucha no se ha acabado. Cuando luchamos por unos, estamos luchando por todos. Todos somos importantes en esta lucha. Todos podemos hacer algo.

Medellín, noviembre 9 de 2023

Teresita, la maestra del piano.

Adriana Ramírez

¿Qué es el Palacio de Bellas Artes?

Es un edificio construido en el año 1925, ubicado en el centro de la ciudad de Medellín para ser la sede del Instituto de Bellas Artes, una escuela de música, pintura y escultura fundada en 1910.

Desde sus principios, ha sido un centro cultural muy importante en la ciudad. Por él han pasado los artistas más importantes que han vivido en el departamento de Antioquia. Algunos de ellos son: Pedro Nel Gómez, Humberto Chávez, Rodrigo Arenas Betancur, Horacio Longas, Fernando Botero, Débora Arango, Mariela Ochoa, Bernardo Vieco, Dora Ramírez, Gonzalo Vidal, Blanca Uribe, Harold Martina, Alba del Castillo, Teresita Gómez, entre otros.

En 1996 fue declarado monumento nacional y patrimonio arquitectónico de la ciudad.

Actualmente hace parte de la Fundación Universitaria Bellas Artes.

En él se realizan conciertos, exposiciones, conferencias y recitales de entrada libre para el público. Su objetivo es acercar el arte a la comunidad.

Adriana Ramírez

¿Qué es un granero?

En Colombia, el granero es una tienda donde se vende comida, principalmente granos, cereales, legumbres frescas y especias. También se encuentran otro tipo de alimentos no perecederos como café, galletas, chocolate, dulces, enlatados, pilas, etc.

En los barrios y pueblos de Colombia, los graneros también funcionan como un espacio de servicio social informal donde las personas encuentran un lugar para poner anuncios, preguntar cosas y pedir ayuda.

En tu comunidad, ¿cuál es el lugar donde las personas van a preguntar por las cosas que están pasando, van a pedir ayuda o a comprar lo que necesitan?

Adriana Ramírez

Granero
EL CENTRAL
desde 1916
20-16
20-14
Electrolit
TUS LATOTAS
¡BIEN FRÍAS!

Sobre la interseccionalidad

Es un término creado por la afroamericana Kimberlé Crenshaw para describir la intersección entre los diferentes factores sociales que definen a una persona. Aspectos como la raza, el género, la clase social, etc. se mezclan de maneras diferentes y específicas, creando diferentes opresiones y privilegios. Estos determinan nuestras experiencias de vida, las oportunidades que tenemos, las desventajas o ventajas a las que estamos expuestos, los desafíos que vivimos, entre otras muchas cosas.

Para entender mejor este concepto, veamos algunos ejemplos. No es lo mismo ser una mujer que un hombre. En nuestra sociedad, un hombre tiene más privilegios que una mujer. El sexismo y el patriarcado han puesto a los hombres por encima de las mujeres.

Ahora, no es lo mismo ser un hombre blanco, que uno indígena o negro. El hombre indígena o negro, aunque tiene el privilegio de ser hombre, tiene la opresión de haber sido racializado.

Hablemos de las mujeres. Una mujer vive con la opresión de ser mujer. Pero Crenshaw nos explica que no es lo mismo ser mujer blanca, que ser mujer negra o indígena.

La mujer negra o indígena vive con dos opresiones, la de ser mujer y la del color de su piel. Y si la mujer negra es pobre, ahora ella vive con tres opresiones, la de ser mujer, el color de su piel y su clase social.

Todos tenemos diferentes opresiones y privilegios. Unas personas tienen más opresiones que otras. Unas personas tienen más privilegios que otras.

En la cima de la pirámide está el hombre blanco, hetero, sin discapacidad, de clase alta y que tiene títulos universitarios. Este hombre tiene un puesto muy privilegiado en la sociedad.

Lo importante es ser consciente de esto para usar nuestros privilegios, para generar cambio y crear una sociedad más igualitaria.

Te invito a que pienses en tus opresiones y privilegios, y hagas una lista de ellos. Puedes usar las siguientes categorías para guiarte en tu reflexión.

Privilegio	**Opresión correspondiente**
Clase alta	Clase media/baja
Hombre	Mujer
Blanco	Racializado
Piel clara	Piel oscura
Occidental	No occidental
Habla inglés	No habla inglés
Con estudios superiores	Con estudios básicos
Acceso a servicios de salud	No tiene acceso a servicios de salud

Joven	Mayor
Sin discapacidad	Con discapacidad
Cuerpo normativo	Cuerpo no normativo
Cisgénero	Transgénero
Hetero	LGBQ

¿Cuáles categorías crees que faltan?

Sobre el colorismo y las opresiones internalizadas

- Sociedad mestiza que se cree blanca -

El colorismo es la discriminación basada en el tono del color de la piel. Las personas con tonos de piel más claros, reciben un trato preferencial comparado con aquel que reciben las personas con tonos más oscuros.

El colorismo está basado en una jerarquía de color impuesta por los colonizadores europeos. Aquellos con pieles más claras, hijos de blancos con negros o indígenas, eran "mejor vistos" pues ya tenían algo de blanco en ellos.

En esta clasificación impuesta en nuestros países desde la conquista y la colonización, las personas blancas y sus rasgos están en lo más alto de la pirámide, y las personas negras y sus rasgos, están en la parte más baja.

El colorismo también existe en otras partes del mundo que fueron colonizadas.

Esta forma de clasificar a las personas según el tono del color de su piel, ha sido internalizada por los habitantes de los países latinoamericanos. El colorismo es una opresión internalizada, es decir, nosotros mismos nos oprimimos usando conceptos desarrollados por otros para oprimirnos.

La mayoría de los colombianos tenemos raíces negras, indígenas y españolas; somos mestizos. Hay muchos tonos de piel en Colombia, pero siempre es muy evidente que las personas con piel clara, recibimos un mejor trato comparado con el que reciben las que tienen la piel más oscura.

Hay muchas personas de piel clara que niegan sus raíces africanas e indígenas, y solo aceptan sus raíces blancas. Estos son los mestizos que se creen blancos. Los mestizos que se creen mejores/superiores por el color de su piel. Los mestizos que creen que ser blanco es mejor. Los mestizos que oprimen a su propia gente.

¿Puedes ver colorismo en tu comunidad? ¿Has sido testigo de este? ¿Has sido víctima de este?

Preguntas para pensar

¿Cómo ha determinado tu interseccionalidad las experiencias que has vivido en tu vida?

¿Eres consciente de tus privilegios y opresiones?

¿Cómo puedes usar tus privilegios para crear una sociedad más igualitaria?

¿Cómo puedes usar tus opresiones para generar cambio en tu entorno?

¿Cómo la publicidad y los medios de comunicación perpetúan el colorismo?

Mira el mundo del cine, ¿normalmente, qué papeles tienen qué actores? ¿Ves un patrón relacionado con su color de piel?

Mira la publicidad de las marcas de ropa y otros productos, ¿qué modelos usan? ¿Ves algún patrón relacionado con el color de su piel?

Mira el mundo del entretenimiento, ¿quiénes son más reconocidos? ¿Ves un patrón relacionado con el color de su piel?

Mira el mundo de los negocios, ¿quiénes son los CEO de las empresas más famosas? ¿Ves un patrón relacionado con el color de su piel?

Mira el mundo de la ciencia, ¿quiénes son los científicos más reconocidos? ¿Ves un patrón relacionado con el color de su piel?

Mira el mundo de la política, ¿quiénes son los presidentes, alcaldes y gobernadores? ¿Ves un patrón relacionado con el color de su piel?

Mira el mundo del arte, ¿quiénes son los pintores, músicos y escultores más reconocidos? ¿Ves un patrón relacionado con el color de su piel?

¿Qué se necesita para ser reconocido? ¿Es suficiente con ser muy bueno? ¿Hay algo más?

¿Qué se necesita para ser exitoso? ¿Es suficiente con ser muy inteligente? ¿Hay algo más?

Enlaces que puedes visitar para aprender más sobre Teresita Gómez

Tren de la Cultura Teresita Gómez - YouTube

Tren de la Cultura_Teresita Gómez

https://www.youtube.com/watch?v=ejhUWomJ2cA

El Metro de Medellín rinde homenaje a la maestra Teresita Gómez - YouTube

El Metro de Medellín rinde homenaje a la maestra Teresita Gómez

https://www.youtube.com/watch?v=P5beznlGTTc

Teresita tocando piano - YouTube

El Bach de Teresita Gómez, la mujer prodigio del piano en Colombia | El Espectador

https://www.youtube.com/watch?v=8OJ4dMTlSQM

La pianista que venció al racismo. Teresa Gómez, pianista y maestra - YouTube

V. Completa. La pianista que venció al racismo. Teresa Gómez, pianista y maestra

https://www.youtube.com/watch?v=24EkE35Ud-s

Escucha aquí a Teresita Gómez tocando el piano

Teresita Gómez tocando Luis Calvo: Lejano Azul y Malvaloca
https://www.youtube.com/watch?v=AGQBO5N6uOY

A COLOMBIA Teresa Gómez, piano (Obras de compositores colombianos clásicos)

https://www.youtube.com/watch?v=3eBqr8uCdQo

Bambuco en Si Mayor

https://www.youtube.com/watch?v=jxTnqrNvIJ8

Teresita Gómez Chopin Ballade No 1 in G minor Op 23
https://www.youtube.com/watch?v=JBvfRF7a58I

Referencias

Instituto de Bellas Artes, Sociedad de Mejoras Públicas de Medellín. Enero de 2024. https://smp-medellin.org/instituto-de-bellas-artes/

Fundación Universitaria Bellas Artes, Sociedad de Mejoras Públicas de Medellín. Enero de 2024. https://smp-medellin.org/fundacion-universitaria-bellas-artes/#

¿Qué es la interseccionalidad y por qué te importa saberlo? BID Mejorando vidas. Enero de 2024 https://blogs.iadb.org/igualdad/es/que-es-interseccionalidad/

¿Qué es el colorismo? Religion and Race. Enero de 2024. https://www.r2hub.org/library/que-es-colorismo

Vocabulario

a - to, at, in
abajo - down
abierto - open, opened
abismo - abyss
abrí - I opened
abría - I/he/she would open
abriendo - opening
abrió - he/she opened
abrir - to open
acaba - he/she/it finishes
acabado - finished
acaben - they finish
acabó - he/she finished
acabo - I finish
aceptan - they accept
aceptar - to accept
aceptó - he/she accepted
acompaña - he/she accompanies
acompañaba - he/she was accompanying
acompañar - to accompany
acordaba - he/she remembered
actitud - attitude
actores - actors
adelante - forward, ahead
adentro - inside
afrocolombianos - Afro-Colombians
afuera - outside
ahí - there
ahora - now
aire - air
al - to the, at the
alejaban - they were moving away
alejé - I moved away
Alemania - Germany
algo - something, anything
alguien - someone, anybody
algunas - some
alguno - some, any
algunos - some
allá - there, over there
allí - there
alta - tall, high
altas - tall, high (plural)
alternando - alternating
alto - tall, high
altura - height
alumna(s) - female student(s)
alumnos - students (male)
amables - kind, friendly
amigas - female friends
amigo - friend (male)
amigos - friends
amor - love
analizaban - they analyzed
ángel(es) – angel(s)
angustia - anguish
angustiada - anguished
ansiosa - anxious
antes - before
anunciaran - they announced
anunciarme - to announce to me
año(s) – year(s)
apagada(s) - turned off
aparentemente - apparently
apariencia(s) - appearance(s)
apartamento - apartment
aplaude - he/she applauds
aplaudía - he/she was applauding

aplaudiendo - applauding
aplaudió - he/she applauded
aplausos - applause
aplicada - applied, diligent
apoyo - support
aprende - he/she learns
aprender - to learn
aprendí - I learned
aprendía - I was learning
aprendido - learned
aprendiendo - learning
aprendiste - you learned
aprendizaje - learning, apprenticeship
aprendo - I learn
apretaba - he/she squeezed, tightened
apretó - he/she tightened, squeezed
aquellos - those
aquí - here
arrepentimiento – repentance
arriba - up, above
arte(s) – art(s)
artistas - artists
así - like this, thus
asintieron - they nodded, they agreed
asistir - to attend
atención - attention
atracción - attraction
aunque - although, even though
aventura - adventure
ayer - yesterday
ayudar - to help
ayudara - he/she would help
ayudarme - to help me
ayudó - he/she helped
bachillerato - high school diploma, baccalaureate
baja - low, short
barrio - neighborhood
bebé - baby
beca - scholarship
bellas - beautiful
bien - well, good
blanca - white
borroso - blurry
bravo - great!
brazo - arm
buena(s) - good
buenos(as) - good
buscar - to search, to look for
cabeza - head
cada - each, every
calle - street
calmarse - to calm down
cambiado - changed
camerino - dressing room
caminaba - he/she was walking
caminamos - we walked
caminando - walking
caminar - to walk
caminé - I walked
caminó - he/she walked
camino - path, road
caminos - paths, roads
canasta - basket
cansada - tired
cansaron - they tired, they wore out
capacidades - capabilities, capacities
capital - capital

cara - face
casa - house, home
casi - almost
católica - Catholic
causa - cause, reason
celebrar - to celebrate
cenado - dined
cenar - to dine
centro - center
cerca - near, close
cero - zero
cerraba - he/she was closing
cerrados - closed
cerrando - closing
cerrar - to close
cerraron - they closed
cerré - I closed
cerró - he/she closed
cielo - sky
cirugía - surgery
ciudad - city
ciudades - cities
clandestine(s) - clandestine
clase(s) - class(s)
clásica - classic
clásicos - classics
clasismo - classism
clasista(s) - classist(s)
cocina - kitchen, cuisine
cogía - he/she grabbed, he/she took
cogió - he/she grabbed, he/she took
cojo – I grab/I take
colegio - school
colombo - Colombian
color - color
combinación - combination
comencé - I began, I started
comentarios - comments
comenzaba - I was beginning, I was starting
comenzar - to begin, to start
comenzaron - they began, they started
comenzó - he/she began, he/she started
comiences - you begin, you start
comienzo - beginning, start
cómo - how
como - like, as
compartir - to share
completamente - completely
compositores - composers
comprendí - I understood
con - with
concertista - concert performer
concierto(s) - concert(s)
conectada - connected
conectarme - to connect myself
confusión - confusion
conmigo - with me
conocerla - to know her
conocerte - to know you
conocía - he/she knew, he/she was familiar with
conocían - they knew, they were familiar with
conocimiento - knowledge
conscientemente - consciously
consumiendo - consuming
contaba - he/she was counting, he/she was telling
contar - to count, to tell

conté - I counted, I told
contestaba - he/she used to answer
contesté - I answered
contestó - he/she answered
contra - against
contradicción - contradiction
contradicciones - contradictions
contradictorio - contradictory
contrató - he/she hired, he/she contracted
controlar - to control
controlarme - to control myself
convertido - converted, turned into
convertirse - to become, to turn into
convirtieron - they became, they turned into
convirtió - he/she became, he/she turned into
corrí - I ran
corriendo - running
cortina - curtain
cosa(s) - thing(s)
cree - he/she believes
creer - to believe
creía - he/she believed, he/she thought
creían - they believed, they thought
creo - I believe, I think; I create
creyente - believer
creyeron - they believed, they thought (past tense)
creyó - he/she believed, he/she thought (past tense)
crítica - criticism
criticaban - they criticized
criticaban - they criticized, they used to criticize
criticarme - to criticize me
críticas - criticisms
cualquier - any, whichever
cualquiera - anyone, whoever; any, whichever
cuántos - how many
cuénteme - tell me
cuento - tale, story
cuidador - caregiver, caretaker
cultural - cultural
cupo(s) – space(s), capacity(ies)
curiosas - curious
daba - I/he/she gave, he/she used to give
dado - given
dar - to give
darle - to give him/her
darme - to give me
darte - to give you
de - of, from; about
decía - he/she said
decían - they said
decide - he/she decides
decidí - I decided
decidido - decided, determined
decidieron - they decided
decidió - he/she decided
decir - to say, to tell
decirme - to tell me
dedos - fingers, toes
dejaba - he/she was leaving, he/she used to leave

dejaban - they were leaving, they used to leave
dejar - to leave, to let, to allow
dejaron - they left, they allowed
dejé - I left, I allowed
dejó - he/she left, he/she allowed
del - of the, from the
demostrado - demonstrated, shown
demostrarle - to demonstrate to him/her
demostraron - they demonstrated, they showed
demostré - I demonstrated, I showed
dentro de - inside, within
deprimía - it was depressing
deprimirme - to depress myself
derecha - right
derecho - straight, right (law)
descubierto - discovered
descubrir - to discover
desde - from, since
despacio - slowly
desprecio - disdain, contempt
después - after, later
desventaja - disadvantage
determinada - determined
determinaran - they determined, they specified
detrás - behind
di - I gave, I said
día(s) - day(s)
dicen - they say, they tell
dicho - said, told; saying
diciendo - saying
dieron - they gave
diez - ten
diferencia - difference
diferente - different
diferentes - different, several
difícil - difficult, hard
digo - I say, I tell
dije - I said, I told
dijera - he/she said, he/she told
dijeron - they said, they told
dijiste - you said, you told
dijo - he/she said, he/she told
dinero - money
dio - he/she gave
dios - God
directora - director, principal
discriminación - discrimination
doble - double
doblemente - doubly
doctor - doctor
dolía - it hurt, it ached
dolor - pain, ache
doloroso - painful, sorrowful
domingo(s) - Sunday(s)
donde - where
dónde - where (interrogative)
dormido - asleep
dormir - to sleep
dormirme - to sleep
dos - two
doy - I give
dueto - duet
durante - during
e - and
echaban - they threw us out
echar - to throw, to cast out
educación - education
él - he

el - the
élite(s) - elite(s)
ella - she, her
ellas - they
ellos - they
embajada - embassy
embajador - ambassador
empacar - to pack
empezaba - he/she/it was starting, he/she/it used to start
empezó - he/she/it started
empujó - he/she pushed
en - in, on, at
encajaba - fit
encajaban - they fit
encontrado - found
encontramos - we found
encontrar - to find
enfrente - in front
enojados - angry
enojar - to anger, to annoy
enseñaba - he/she used to teach
enseñado - taught
enseñando - teaching
enseñanzas - teachings, lessons
enseñar - to teach
enseñarle - to teach him/her
enseñarles - to teach them
enseñó - he/she taught
entender - to understand
entendí - I understood
entendía - he/she used to understand
entendido - understood
entendiera - he/she would understand
entendió - he/she understood
entiendan - they understand
entiendo - I understand
entonces - then, so
entraba - he/she was entering, he/she used to enter
entraban - they were entering, they used to enter
entramos - we entered
entrar - to enter
entre - between, among
envidias - envies, jealousies
época - epoch, period, era
equivocarme - to make a mistake
era - he/she/it was
éramos - we were, we used to be
eran - they were, they used to be
eres - you are
es - he/she/it is, is
esa - that
esas - those
escapar - to escape
escenarios - scenarios, stages
esconderme - to hide
escondernos - to hide ourselves
escondidas - hidden
escondite - hiding place
escribir - to write
escritorio - desk
escuchaba - I/he/she was listening
escuchado - listened
escuchar - to listen
escuchara - he/she listened
escucharte - to listen to you
escuché - I listened, I heard

escuchó - he/she listened, he/she heard
escuela - school
ese - that
eso - that, it
especial - special
especiales - special, particular
especialmente - especially
esperaba - he/she was waiting, he/she used to wait
espérame - wait for me
esperame - wait for me (vos form)
esperando - waiting
esperándolas - waiting for them
esperanza(s) - hope(s)
esperar - to wait, to hope
esperé - I waited, I hoped
espíritu - spirit
espiritualidad - spirituality
está - he/she/it is
esta - this
estaba - he/she/it was
estaban - they were
estabas - you were
estado - state, been
estamos - we are, we are being
están - they are
estar - to be
estas - these
estás - you are
este - this
esto - this, this thing
estos - these
estoy - I am
estudiado - studied
estudiante(s) - student(s)
estudiar - to study
estudiosa - studious
estuve - I was
estuviera - were
estuvieran - were
europa - Europe
excepción - exception
excepcionales - exceptional
excusa - excuse
exesposos - ex-spouses
exhausta - exhausted
experiencias - experiences
experta - expert
explicaciones - explanations
explicar - to explain
explicarme - to explain to me
extensión - extension
fácil - easy
fáciles - easy
familia(s) - family(ies)
famosos - famous, celebrities
favoritas - favorite
favoritos - favorite
feliz - happy
filosofía - philosophy
filósofos - philosophers
final - final
finalmente - finally
fines - ends, purposes
forma - form, way
fortaleza - strength
frente - front, forehead
fue - he/she/it was
fuera - outside
fueran - were
fueron - they were
fuerte - strong

fui - I was
generaciones - generations
género - gender, genre
gente - people
gracias - thanks
graduación - graduation
graduar - to graduate
gradué - I graduated
gran - great, big
grande(s) - big, large, great
granero - barn, granary
gritando - shouting, screaming
gritó - he/she shouted, yelled
grupos - groups
gusta - he/she/it likes
gustaba - he/she/it liked, used to like
gustara - liked
ha - he/she/it has
haber - to have
había - there was, there were, had
habían - they had
hablaba - he/she was speaking, used to speak
hablaban - they were speaking, used to speak
hablado - spoken
habladurías - gossip, rumors
hablamos - we spoke, we talked
hablan - they speak, talk
hablando - speaking, talking
hablar - to speak, to talk
hablaron - they spoke, they talked
hablás - you speak
hablé - I spoke, I talked
habló - he/she spoke, he/she talked
hace - ago
hacemos - we do, we make
hacer - to do, to make
hacerme - to do for me, to make for me
hacía - I/he/she/it was doing, was making
hacia - toward, towards
hacían - they were doing, were making
haciendo - doing, making
han - they have, have
has - you have
hasta - until, up to
hay - there is, there are
haya - there may be, may have
hayas - there may be, may have
he - I have
hecha - made
hecho - made, done
hechos - facts, deeds, made
hice - I did, I made
hija - daughter
hijas - daughters
hijo - son
hijos - sons, children
hizo - he/she did, made
holandés - Dutch
hombre - man
hombres - men
honores - honors
hora - hour, time
horas - hours
hospital - hospital
hoy - today

hubiera - there were, would have been
humanidad - humanity
iba - he/she was going
íbamos - we were going
iban - they were going
ido - gone
ignorarlos - to ignore them
ignoré - I ignored
imaginario - imaginary
importa - it matters
importaba - it mattered
importan - they matter
importancia - importance
importante - important
importantes - important
importaran - mattered, were important
imposible - impossible
impresionadas - impressed
impresionado - impressed
incómoda - uncomfortable
incondicional - unconditional
infierno - hell
insistí - I insisted
insistiendo - insisting
insistió - he/she insisted
insistir - to insist
instrumento - instrument
intelecto - intellect
intensas - intense
intenso - intense
intento - attempt, intention
internacionales - international
inventar - to invent
invisible - invisible
ir - to go
irme - to go away, to leave
jugar - to play
juntas - together
juntos - together
juzga - he/she judges
juzgamientos - judgments
la - the
lado - side
las - the
le - to him/her
leer - to read
lejos - far, far away
les - to them
leyendo - reading
lista - list
listo - ready
llamaba - he/she called, used to call
llamar - to call
llamaremos - we will call
llamarme - to call me
llamó - he/she called
llegaba - I/he/she arrived
llegaban - they arrived
llegado - arrived, come
llegamos - we arrived, we came
llegar - to arrive, to come
llegara - he/she arrived
llegó - he/she arrived
llegué - I arrived, I came
llenaba - it/he/she filled
lleno(s) - full
llevaba - he/she carried
llevaban - they carried
llevar - to carry, to take
llevó - he/she carried
lo - the, it

loca - crazy
lograba - he/she achieved, managed, succeeded
logré - I achieved, managed, succeeded
logro - achievement, success
logros - achievements, successes
los - the
luces - lights
lucha - fight
luchamos - we struggled
luchando - fighting, struggling
luchar - to fight, to struggle
luego - later, then
lugar - place
luz - light
madre - mother
maestra(s) - teacher(s)
maestro(s) - teacher(s)
magia - magic
mágica - magical
mágico - magical
mal - bad, evil
malo - bad, evil
mamá - mom
mamás - moms
mano - hand
manos - hands
mañana - tomorrow, morning
más - more
mayoría - majority
me - me
meditando - meditating
mejor - better, best
mejores - better, best
melodía(s) - melody(ies)
memoria - memory
memorizaba - I/he/she memorized
menos - less, fewer
mesa - table
meses - months
mestiza - mestizo, mixed race
mezclan - they mix
mezclarse - to mix oneself, to blend
mí - me, myself
mi - my
miedo - fear
mientras - while, meanwhile
minutos - minutes
mirá - look
miraba - I/he/she looked
miraban - they looked
mirada - look, gaze
miradas - looks, gazes
mirando - looking
mirándome - looking at me
mirar - to look at, to watch
mirarlo - to look at it
miraron - they looked, they watched
miré - I looked, I watched
miró - he/she looked
miro - I look, I watch
mis - my
misa - mass
misma(o) - same
momento(s) - momento(s)
monja(s) - nun(s)
morir en el intento - to die trying
mostraba - I/he/she showed,
mostrar - to show

mostrarles - to show them
mostró - he/she showed
mover - to move
moverse - to move oneself
movía - I/he/she moved
movían - they moved
movido - moved
movieran - they moved
mucha - much, a lot
muchas - many, much
mucho - much, a lot
muchos - many, much
muerte - death
muerto - dead
muéstrale - show him/her
muéstranos - show us
muestro - I show, I display
mujer - woman
mundo - world
murió - he/she died
música - music
músicos - musicians
muy - very
nací - I was born
nacionales - national
nada - nothing
nadie - nobody
nadies - nobody
necesitaba - he/she needed
necesitan - they need
necesito - I need
negado - denied
negar - to deny
negra(s) - black(s)
negrita - black
negro(s) - blacks
ni - neither, nor
niña(s) - girl(s)
niñas - girls
niños - boys, children
nivel - level
no - no
noche(s) - night(s)
normal(es) - normal
normalmente - normally
nos - us
nosotros - we, us
notas - musical notes
nuestra(s) - our
nuestro(s) - our
nueva - new
nuevamente - again
nuevas - new
nuevo - new
nunca - never
o - or
observaba - I/he/she observed
obstáculos - obstacles
oculta - hidden
ocupada - busy
oficial - official
oficina(s) - office(s)
ojo(s) - eye(s)
olvidados - forgotten
olvido - forgetfulness
opción - option
operación - operation
operaron - they operated
oportunidad - opportunity
opuesto - opposite
organizaba - he/she/I organized
organizando - organizing
orgullosa(o) - proud

oscureció - it got dark, it darkened
oscuro - dark
otra(s) - other, another
otro(s) - other, another
padre – father, priest
padres - parents
pagaba - he/she/I paid
pagaban - they paid
pagar - to pay
pagarme - to pay me
países - countries
palabras - words
palacio - palace
pánico - panic
papá - dad
papás - dads, parents
papel - paper, role
papeles - papers
para - for
paraba - he/she stopped
paraban - they stopped
paradójico - paradoxical
paralicé - I paralyzed
paralizada(s) - paralyzed
parar - to stop
pararse - to stop, to stand
paré - I stopped
parecía - it/he/she seemed
parecían - they seemed
paro - I stop
parte(s) - part(s)
partir - to leave, to split
partitura - sheet music
pasaba - he/she passed
pasado - past
pasando - passing
pasarlos - to pass them
pasaron - passed, happened
pasión - passion
pasó - passed, it happened
paso - step
pasos - steps
pedir - to ask for
pena - sorrow, pity
pensaba - he/she/I thought
pensar - to think
pensaron - they thought
pensé - I thought
pensó - he/she thought
pequeña - small
pequeño - small
perdí - I lost
perdían - they lost
perdida(o) - lost
perfeccionar - to perfect
perfecta(o) - perfect
pero - but
persona - person
personas - people
pesar - despite
pianista - pianist
piano(s) – piano(s)
pie - foot
piel - skin
pienso - I think
pintores - painters
pobre(s) - poor
poco - little, few
podás - you can
podemos - we can
poder - to be able to, power
podés - you can
podía - he/she/I could

podíamos - we could
podían - they could
podría - he/she could, could be
poesía - poetry
poetas - poets
policía - police
poner - to put, to place
ponerme - to put on, to get myself into a situation
ponía - he/she used to put, was putting
ponían - they used to put, were putting
por - by, for, through, because of
porque - because, why
posible - possible
practicaba - he/she/I practiced
practicaban - they practiced
practicado - practiced
practicando - practicing
practicar - to practice
practico - I practice
prefieren - they prefer
preguntar - to ask
preguntarle - to ask him/her
pregunté - I asked
preguntó - he/she asked
prejuicios - prejudices
prendida - on, turned on
prendió - he/she turned on, lit
preocupada(o) - worried
preocuparon - they worried
preocupes - worry
presidente - president
pretendiendo - pretending
primaria - primary
primer - first
primera(o) - first
primeras - first
principalmente - mainly
privilegio - privilege
probablemente - probably
problema(s) - problema(s)
profesional - professional
profesora - teacher
profundamente - deeply
profundo - deep
protector - protector, protective
protegerme - to protect myself
pública(o) - public
pude - I could, managed to
pudiera - he/she could
pudieran - they could
pudieron - they could
pueda - he/she can
puedan - they can
puedas - you can
puede - he/she can
pueden - they can
puedo - I can
puerta - door
puertas - doors
pues - well, then
puesto - position, job, put
punto - point
puño - fist
puse - I put, placed
pusieron - they put, placed
puso - he/she put, placed
que - that
qué - what, how
quedaba - he/she remained
quedaban - they remained
quedado - remained

quedan - they remain
quedar - to stay, to remain
quedarnos - to stay, to remain
quedaron - stayed, remained
quedé - I stayed, remained
quedó - he/she stayed, remained
quererlo - to want it
quería - he/she wanted
quién - who
quiere - he/she wants
quieren - they want
quiero - I want
quisiera - I would like, I wish
quisieron - they wanted
quiso - he/she wanted
racismo - racism
racista(s) – racist(s)
rápido - fast, quickly
raro - strange, rare, weird
raros - strange, rare, weird
raza - race
razón - reason
realidad - reality
rechazaba - he/she rejected
rechazados - rejected
rechazaron - they rejected
recibimos - we received
recibir - to receive
reconoce - he/she recognizes
reconocerlas - to recognize them
reconocida - recognized
reconocido - recognized
reconocimiento - recognition
recordado - remembered
recordar - to remember
recuerda - he/she remembers
recuerdo - memory
recuperación - recovery
recuperándome - recovering
recurrieron - they resorted to, they appealed to
regalo - gift
regarse - to spread, to scatter
rehabilitación - rehabilitation
relación - relationship
relacionás - you relate
religión - religion
religioso(a) - religious
repente - suddenly
repetí - I repeated
repetía - he/she/I repeated
repitió - he/she repeated
representante - representative
represente - he/she represents
respeto - respect
respondía - he/she responded
respondiera - he/she responded
respondió - he/she responded
responsabilidad – responsibility
revisaba - he/she checked
rezaba - he/she prayed
rica - rich
ricos - rich
riqueza - wealth
ritual - ritual
roca - rock
rojas - red
ronda - round, patrol, tour
sabe - he/she knows
sabemos - we know
saber - to know, knowledge
sabes - you know
sabía - he/she knew
sabían - they knew

sala - room, hall
salí - I left
salía - he/she left, used to leave
salieron - they left
salir - to leave, to go out
salón(es) - classroom(s)
saludan - they greet
saludarlo - to greet him
saludé - I greeted
sé - I know, be
se - oneself, himself, herself, themselves, each other
se dio cuenta - he/she realized
sea - he/she/it is
seas - you are
secretaria - secretary
seguí - I followed, I continued
seguía - he/she followed
seguían - they followed
seguir - to follow, to continue
semana - week
sentaban - they sat down
sentada - seated, sitting
sentarme - to sit down
sentaron - they sat down
sentarse - to sit down
senté - I sat down
sentí - I felt
sentía - I/he/she felt, used to feel
sentido - felt, sensed, sense
sentir - to feel
sentirme - to feel
sentó - he/she sat down
señor - gentleman, sir, Mr.
sepas - you know
ser - to be, being
sería - he/she would be
si - if, whether
sí - yes
sido - been
siempre - always
siendo - being
siento - I feel
siguiente(s) - following, next
silencio - silence
sin - without
sino - but, except
sintió - he/she felt
sistema - system
sobre - on, about, over
social - social
sociales - social
sociedad - society
sola - alone, lonely, single
solo - alone, only
solos - alone, lonely, single
solución - solution
solucionar - to solve
somos - we are
son - they are
sonaba - it sounded
sonar - to sound, to ring
sonó - it sounded, rang
sonreí - I smiled
sonriendo - smiling
sonrisa - smile
soñar - to dream
sorprendida(s) - surprised
sos - you are
soy - I am
su - his, her, its, their
suave - soft, gentle, smooth
suavemente - softly, gently

subía - I/ he/she climbed, was going up
subir - to climb, to go up
sueñan - they dream
sueño(s) - dream(s)
suficiente - enough
supe - I found out, I knew
superior - superior
superiores - superior
supiera - he/she knew
supuesta - supposed
supuestamente - supposedly
sus - his, her, its, their
talento - talent
también - also, too
tampoco - neither, not either
tan - so, such
tantas - so many, such a lot of
tanto - so much, so many
tarde - late, afternoon
taxi - taxi
te - you, to you
teatro - theater
tecla(s) - key(s)
técnica - technique
temblando - trembling
temblar - to tremble, to shake
tenemos - we have
tener - to have, to hold
tenerla - to have it
tenerle - to have him/her
tenés - you have
tengamos - let's have
tengas - you have
tengo - I have
tenía - I/he/she had
tenían - they had, used to have
terminaban - they ended
terminado - ended, finished
terminando - ending
terminar - to end, to finish
terminé - I finished, ended
tiempo - time
tiene - he/she has
tienen - they have
tienes - you have
tinta - ink
toca - he/she plays
tocaba - he/she/I played
tocaban - they played
tocado - touched, played
tocamos - we played
tocando - playing
tocándolas - touching them
tocar - to touch, to play
tocara - he/she played, touched
tocarlas - to touch them
tocarlo - to touch it, to play it
tocaron - they played, touched
tocó - he/she played, touched
toco - I play, I touch
todas - all, every
todavía - still, yet
todo - all, every, everything
todos - all, every
tomado - taken, drank
tomaste - you took, you drank
toqué - I played, touched
trabajaban - they worked, used to work
trabajar - to work
trabajo - work, job
tradicional - traditional

trataba - he/she treated, was dealing with
trataban - they treated, were dealing with
tratando - treating, dealing with
traté - I tried, I treated
través - through
tres - three
triste(s) - sad
tú - you
tu - your
tus - your
tuve - I had
tuviera - he/she had
tuvieran - they had
tuvimos - we had
tuvo - he/she had
última(o) - last
un - a, an, one
una - a, an, one
unas - some
único - only, unique
universidad(es) - university(ies)
uno - one
unos - some, a few
usted - you
ustedes - you
va - he/she goes
válido - valid
valor - value
valoración - appreciation
vámonos - let's go
vamos - we go, let's go
van - they go, they are going
varias(os) - several
vas - you go
vaya - he/she goes
vea - see
veces - times
veía - he/she saw
veían - they saw, used to see
vemos - we see
ven - they come
venia - bow, salute
venía - she came
venían - they came
venir - to come
veo - I see
ver - to see
verdad - truth
verla - to see her
verlas - to see them
verme - to see me
vestido(s) - dressed, dress(es)
vez - time, turn
vi - I saw
vida - life
vieron - they saw
vio - he/she saw
visitarlos - to visit them
visitarme - to visit me
visto - seen
vivía - he/she lived
vivíamos - we lived
vivían - they lived
vivido - lived
vivir - to live
volver - to return, to go back
volverme - to become
volví - I returned, I went back
volvía - I/he/she returned, became
volviendo - returning, going back

volvió - he/she returned, he/she went back
vos - you
voy - I go, I am going
voz - voice
vuelvo - I return, I go back
y - and
ya - already, now
yendo - going
yo - I

414 familias de palabras y 155 cognados. Nivel 3/4

Otros libros escritos por

Adriana Ramírez

Nivel 1

Nivel 2

Nivel 3

Nivel 4

El Cóndor de los Andes
Adriana Ramírez
Español 4
Segunda Edición

RIGO
Adriana Ramírez

UN NUEVO
amanecer
Adriana Ramírez

EL CAMINO DEL CAFÉ
Adriana Ramírez
Español 4

Adriana Ramírez
Es posible soñar

Adriana Ramírez
LA MARIMBA DE MI ABUELO

Silleteros
Adriana Ramírez

Otros libros de la colección

REVOLUCIONARIAS

Learning Through Reading

Adriana Ramirez

Acento Latino™

EASY READERS FOR SPANISH STUDENTS

This book was written by a Latin American author

Made in the USA
Middletown, DE
18 August 2025

12520793R00078